LE SIEUR

CROQUEMITAINE

ET

MADAME SON ÉPOUSE

par Gilbert.

Dessins de E. MOREL.

PELLERIN &Cie. à ÉPINAL. (Déposé).

LE SIEUR CROQUEMITAINE ET MADAME SON ÉPOUSE

par Gilbert.

Dessins de E. MOREL.

PELLERIN & Cie

ÉDITEURS

A ÉPINAL.

(Déposé) P.V

Le sieur CROQUEMITAINE et Madame son épouse
dans l'exercice de leurs fonctions.

Ah ! ah ! voici le sieur Croquemitaine et Madame son épouse qui
sortent de leur repaire et qui commencent leur tournée. Ils portent tous
deux les fameuses hottes qui ne peuvent jamais se remplir et sont armés
des formidables martinets qui ne peuvent jamais s'user. Leurs bâtons
de voyage qu'il suffit d'enfourcher pour faire le tour du monde en
moins d'un instant, leur permettent de se rendre au premier appel des
parents. Cachez-vous, méchants petits garçons et méchantes petites
filles, voici les deux époux qui arrivent à grands pas : Cachez-vous bien,
enfants incorrigibles, voici Croquemitaine et son épouse........!

La petite MARIE, qui ne voulait pas aller à l'école,
est emmenée par Madame CROQUEMITAINE.

Les enfants coupables ont beau se blottir sous la table, se cacher
derrière la porte, ou se réfugier dans le giron de leur Maman, ils ne
peuvent échapper aux yeux des terribles époux. Voyez plutôt la petite
Marie, qui ne voulait pas se rendre à l'école et qui battait sa bonne
qui voulait l'y conduire, la mère Croquemitaine n'a pas été longtemps
sans voir ce qui se passait; elle est arrivée comme une locomotive,
et, d'un seul coup de martinet, a fait marcher Mademoiselle Marie
de toute la vitesse de ses petites jambes. Je vous assure que la jeune
personne ne se fera plus tirer l'oreille pour se rendre à l'école.

Monsieur JULES vient de se mettre en colère, aussitôt le sieur
CROQUEMITAINE frappe à la porte.

Toc! toc! j'entends du bruit dans la maison. C'est Monsieur Jule
qui se met en colère; il brise ses jouets et pousse des cris à fair
trembler les vitres : ouvrez la porte, Madame, je veux dire un mot
ce mauvais sujet. Vous savez qu'avec moi toute résistance est inutile
quand on ne veut pas m'ouvrir la porte, j'entre par la fenêtre; si l
fenêtre est fermée, je passe par la cheminée; lorsque la cheminé
est bouchée, je m'introduis par le trou de la serrure; il n'y a pa
moyen d'échapper au père Croquemitaine : ouvrez, Madame, il fau
bien que je corrige votre fils, puisque vous n'en avez pas le courage.

CLÉMENTINE écoutant à la porte du cabinet de son Papa,
est surprise par Madame CROQUEMITAINE.

Fi! la vilaine curieuse! voyez-vous Clémentine qui écoute à la porte
du cabinet de son Papa? C'est affreux; voilà déjà trois fois que ça lui
arrive : la première fois sa Maman l'a grondée; la deuxième fois, Clémentine a été mise en pénitence. Elle avait bien promis de ne plus
recommencer, et la voilà qui vient encore de céder à son horrible défaut.
Cette fois, elle mérite un châtiment sévère, et vous comprenez bien que
madame Croquemitaine, qui voit d'un seul coup d'œil dans les cinq
parties du monde, ne peut manquer d'accourir : Justement la voici
qui s'approche à pas de loups : Prends garde à toi Clémentine..........

Il y a des petits garçons et des petites filles qui s'imaginent qu'on ne les voit pas lorsqu'ils commettent quelques fautes en cachette : ils ne savent pas que les murs ont des oreilles, les fenêtres des yeux et que le sieur Croquemitaine, ainsi que madame son épouse, sont au courant de tout ce qui se passe dans l'univers. Paul, le Touche-à-tout, en fouillant dans le bureau de son Papa, a renversé l'écritoire sur des papiers : il t'en cuira, mon mignon ! Il s'est enfermé pour éponger l'encre qui coule sur le tapis : regarde qui descend par la cheminée ; c'est le père Croquemitaine. Il t'en cuira, Monsieur le Touche-à-tout......

Madame CROQUEMITAINE fouette ADRIENNE, parce qu'elle
est bavarde, médisante et rapporteuse.

Ah, tu croyais que cela devait toujours durer, petite bavarde, vilaine
médisante? tu iras raconter aux personnes du voisinage tout ce qui
e fait à la maison, tu feras renvoyer la bonne par tes méchants
propos, tu rapporteras ce que ton Papa dit à ta Maman, lorsqu'il est de
mauvaise humeur, et ce que ta Maman répond à ton Papa! c'est une
jolie conduite, mademoiselle Adrienne, il est temps d'y mettre un ter-
me : Vli! vlin! vlan! voilà pour le voisinage; vli! vlin! vlan! voilà
pour la domestique; vli! vlin! vlan! voilà pour ton Papa et ta Maman,
et si ça t'arrive encore, je t'emporterai bien loin, bien loin.

Le sieur CROQUEMITAINE surprend AUGUSTE le gourmand
qui dérobe des confitures dans l'armoire.

Cette fois-ci je t'y prends, petit drôle, tu ne diras plus que c'est le
chat qui lèche les confitures dans l'armoire et que c'est le chien qui
croque les fruits dans le grenier; tu n'accuseras plus ta petite sœur
d'enlever la crême du lait et de chiper du sucre dans le buffet; n'est-
ce donc pas assez d'être gourmand, voleur et menteur? Faut-il que
tu sois encore hypocrite et que tu accuses les autres de tes méfaits!
C'est trop du tout, et tu vas être sévèrement puni. Tes pauvres parents sont désespérés d'avoir un fils aussi vicieux : puisque tu ne
veux pas les écouter, tu vas subir la peine que tu mérites.............

Est-ce possible? madame Croquemitaine va-t-elle précipiter Virginie
dans ce cachot noir, où l'on ne voit que des souris et des rats, des cra-
pauds et des serpents? Mais la pauvre petite sera dévorée en moins d'un
instant. Virginie est une enfant désagréable, c'est vrai; elle est boudeuse,
maussade et volontaire; on peut encore lui reprocher sa négligence et son
désordre, mais enfin, ne pourrait-on pas la punir d'une autre manière :
par pitié, madame Croquemitaine, ne la faites pas dévorer par les bêtes!
je vous assure que Virginie se corrigera. La mère Croquemitaine n'a
point jeté Virginie dans le cachot noir et la petite fille est devenue sage.

GEORGES le désobéissant, est enfermé dans un cachot. Le sieur
CROQUEMITAINE vient le gronder tous les matins.

Georges n'écoutait ni son Papa, ni sa Maman ; il était paresseux et ne voulait jamais se lever pour aller à l'école : il était menteur, gourmand et même impoli. Ses parents l'avaient plusieurs fois menacé d'appeler Croquemitaine, et le méchant garçon n'avait tenu aucun compte de ces avertissements. Un beau jour, Croquemitaine arriva sans tambour ni trompette; il saisit l'enfant incorrigible, l'emporta dans sa hotte, l'enferma dans un cachot et l'attacha à la muraille à l'aide d'un collier de fer. Depuis ce temps, Georges couche sur la paille et mange des croûtes de pain. Tous les matins, Croquemitaine vient le gronder dans sa prison.

Le méchant petit ALFRED ne veut pas obéir;
sa Maman appelle CROQUEMITAINE.

Allez, monsieur, allez, méchant garçon, puisque vous ne voulez écouter personne, je vais appeler Croquemitaine; il vous aura bientôt mis
à la raison. Il est justement là qui rôde dans le voisinage, et je n'ai
qu'un signe à lui faire. Vous savez qu'il est inflexible et qu'il ne se
laisse attendrir ni par les promesses, ni par les larmes : Voulez-vous, oui
ou non, m'obéir? Voulez-vous finir votre page d'écriture et faire des
bâtons jusqu'au bas de la feuille? Vous résistez encore : Eh bien
tant pis! vous serez châtié d'importance : Croquemitaine, monsieur
Croquemitaine, venez corriger cet enfant rebelle.

ALFRED est saisi par le sieur CROQUEMITAINE, qui le
fustige avec des verges neuves.

Non, madame, je ne me fais jamais attendre quand il s'agit d
punir les enfants désobéissants. Avec mes oreilles élastiques, j'entend
voler les mouches à sept lieues dans les airs; j'entends crier les en
fants méchants de Paris à Pékin, de Pékin à New-York et de New
York à Madagascar; aussitôt qu'on m'appelle j'enfourche mon bâton
j'arrive au grand galop, la hotte sur le dos et les verges à la main. A
ah! mon jeune gaillard! tu vas en goûter de ces bonnes verges, toujou
neuves: Vlan! vlan! vlan! tu les trouves piquantes: Eh bien, tu les se
tiras chaque fois que tu désobéiras à tes parents: au revoir...........

Le sieur CROQUEMITAINE veut couper la langue au petit
gourmand; AUGUSTE promet de ne jamais plus recommencer.

Non, monsieur, il n'y a pas de pardon. Vous pouvez crier, pleurer,
vous rouler par terre, vous ne m'attendrirez pas. Vous avez fait cent fois
les mêmes promesses à votre Papa et à votre Maman, et cent fois vous
avez recommencé. Le jour du châtiment est arrivé, et vous allez rece-
voir le prix de votre affreuse conduite. Je vais vous couper cette langue
qui ne vous sert qu'à mentir et je la jetterai aux chiens : Qui pleure là
bas? Ah c'est votre pauvre Maman; elle me supplie de suspendre la
punition. Je consens à lui accorder cette grâce, une fois encore, mais
si vous n'êtes pas corrigé quand je reviendrai, votre langue y sautera.

Entrez, Mademoiselle Jeanne, voici la demeure qui convient aux petites filles malpropres, telles que vous. Allez avec les pourceaux; vous pourrez tout à votre aise ébouriffer vos cheveux, souiller vos belles robes et vous couvrir de taches du haut en bas. Dans cette écurie, vous pourrez avoir les mains sales; on ne vous fera plus d'observation sur votre visage toujours barbouillé et sur vos oreilles crasseuses : allez, ma petite amie, les tonquins ne sont pas difficiles sur le choix de leur société; ils vous traiteront en camarade : vous ne pouvez pas manquer de vous entendre, puisque vous avez les mêmes habitudes.

Le sieur CROQUEMITAINE consulte son petit doigt et se dispose
à emporter la petite CLAIRE dans sa hotte.

Mon petit doigt ne ment jamais, Mademoiselle Claire, vous avez
été mauvaise; vous avez dit trois mensonges à votre Maman; vous
avez battu votre bonne et lui avez arraché son beau tablier; vous avez
jeté votre pain dans les ordures; vous avez été très dissipée à l'école
et n'avez point étudié votre leçon. Vous comprenez bien que cela ne
peut durer indéfiniment. Vous jurez que cela ne vous arrivera plus;
dois-je vous croire? Allons, je consens à ne pas vous emporter cette
fois encore, mais si vous n'êtes point corrigée à mon prochain pas-
sage, il n'y aura plus de pardon et vous irez dans ma hotte.

Bonjour, Madame, voilà votre fils que je vous ramène; il est aussi
docile qu'il était désobéissant. A cette heure il est poli, laborieux, **propre**
et tout-à-fait gentil. Croyez-moi, Madame, une juste sévérité est néces-
saire : c'est la mollesse des parents qui fait les défauts des enfants.
Punissez les chaque fois qu'ils le méritent, sans colère et sans faiblesse,
n'abusez pas des caresses et ne les embrassez que lorsqu'ils seront bien
sages : les baisers ne doivent être que des récompenses. Si vous suivez
ces conseils, vous n'aurez plus besoin d'appeler à votre aide le sieur
Croquemitaine ni Madame son épouse.

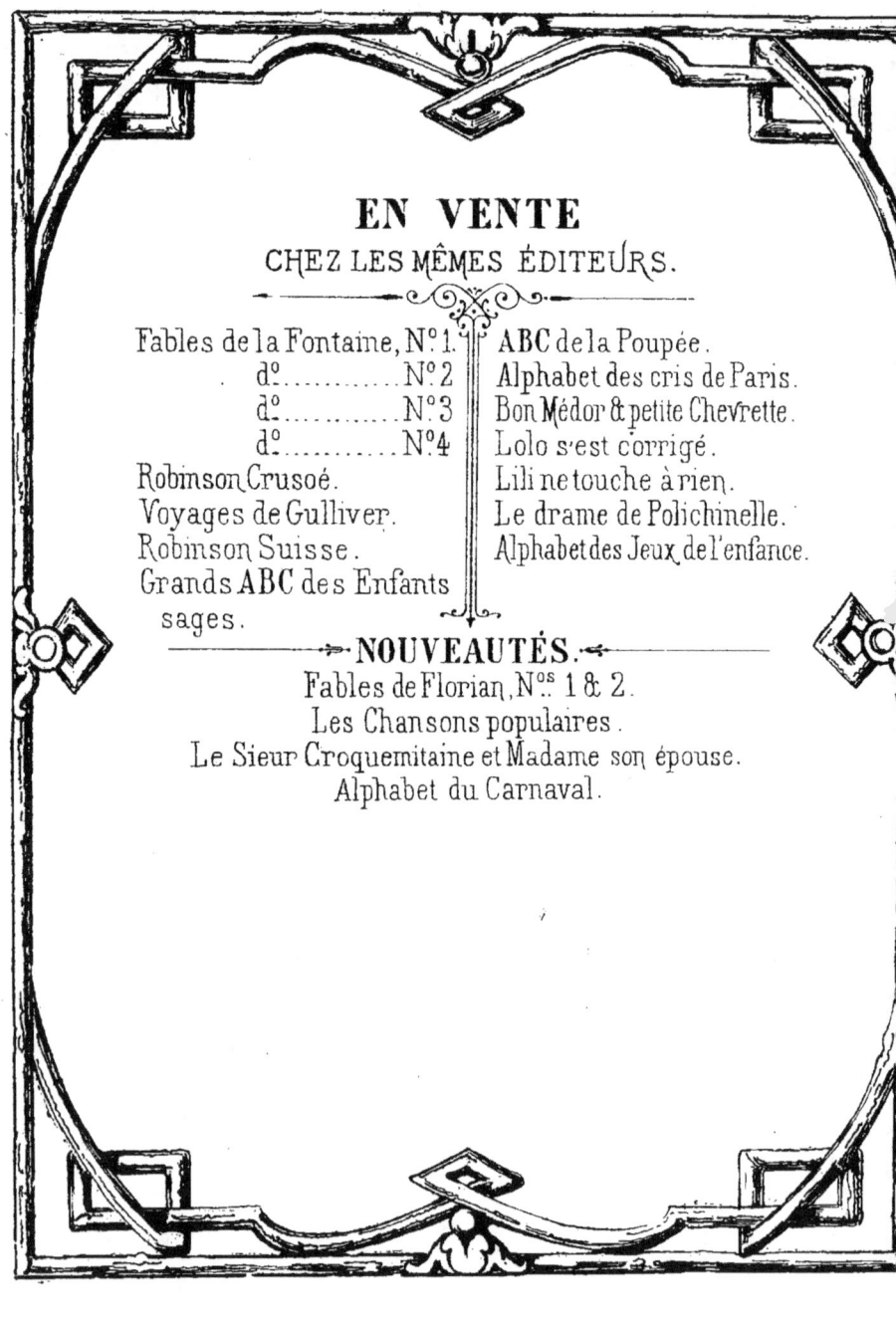

EN VENTE

CHEZ LES MÊMES ÉDITEURS.

Fables de la Fontaine, N°.1.	ABC de la Poupée.
d°............N°.2	Alphabet des cris de Paris.
d°............N°.3	Bon Médor & petite Chevrette.
d°............N°.4	Lolo s'est corrigé.
Robinson Crusoé.	Lili ne touche à rien.
Voyages de Gulliver.	Le drame de Polichinelle.
Robinson Suisse.	Alphabet des Jeux de l'enfance.
Grands ABC des Enfants sages.	

NOUVEAUTÉS.

Fables de Florian, N°.s 1 & 2.

Les Chansons populaires.

Le Sieur Croquemitaine et Madame son épouse.

Alphabet du Carnaval.